感谢我梦中的蝴蝶

出版说明

纵观中外翻译史，翻译活动与语言的发展密不可分。英语发展的各个重要阶段，翻译都发挥了重要作用，不仅丰富了英语的词汇，又极大地增强了英语的表现力。反观我国，古代的佛经翻译对汉语的用词、句法等均产生了影响。胡适的《白话文学史》中讲到，"维祇难，竺法护，鸠摩罗什诸位大师用朴实平易的白话文体来翻译佛经，但求易晓，不加藻饰，遂造成一种文学新体"。我国 19 世纪中叶起有意识地译介西方的地理、历史、政治、法律、教育的书籍，这些翻译活动大大丰富了汉语中的词汇，很多词汇已经融入日常用语并沿用至今，如"文学""法律""政治""铁路""贸易"等。到了 19 世纪末期和 20世纪初期，梁启超所倡导的"新文体"对当时的读书人有着相当大的影响，而所谓"新文体"即是融合了浅近文言、翻译输入新名词、叙述自由、不合"古文义法"的文体。"小经典译丛·民国名家名译"所精选的翻译作品，就是在这样的背景下诞生的。无论是徐志摩还是郁达夫，均是从小耳濡目染着"新文体"同时又接受了良好的文言和外文的教育。因而，他们的译文既融合了本人母语写作的诗化、含蓄、连绵的特点，也将欧化的语言带入译文。从他们的译文中足以管窥汉语白话文推演之一斑。20世纪30年代语言学家钱玄同谈及汉语过渡时期，曾说应"用某一外国文字为国文之补助"；论及所选语种，则谈"照现在中国学校情形而论，似乎英文已成习惯，则用英文可也"。故而当时的一些知识分子也在译介域外文学时自觉地通过翻译来"改造"语言，例如周作人所倡导的"直译"等。无论是顺应西文词序不自觉地翻译，还是对汉语白话有意识地"改造"，使这一时期的作品都彰显了独特的语言气质——自由、含蓄、唯美、诗意，虽然不能妄言达到"信、达、雅"之境，却也力求用最精到的用词和与原文灵魂契合的句式，用独具风韵的白话进行表达。这也在某种程度上为这些名家的母语创作提供了借鉴。从徐志摩和郁达夫等人的现代诗和散文作品中，也能见到这种语言"改造"的影子。

尽管在习惯了现代汉语行文的读者看来，这些名家的译文多有机巧、不够平易，甚至有些不通，但如果放在当时的背景之下，就可以客观评价和欣赏这种文风的妙处。另外，民国初期很多地名、人名等尚没有严格的规范译名，尤其在文学翻译里，常见到译者的别具匠心的音译或直译，虽缺少了规范，略有理解障碍，但这种自由也促成了一些精妙的译名诞生，如"翡冷翠"（佛罗伦萨）、"沁芳"（交响乐）这样的灵动传神，恐在今天一定是不合规矩、不合时宜的了。

丛书甄选这一时期名家的译介作品，编排名篇的中英文对照，旨在为喜爱欣赏文学和英文的读者提供中英文对照的素材，从比照原文和译文了解名家甄选原文、推敲译文的良苦用心，近距离感受他们的文化底蕴，并从中体会19世纪末20世纪初世界新旧交替、风云激荡的大背景下，中国文人的趣味和心境。阅读这套丛书，不仅可以品读双语文学经典，还可借此回溯语言文化一路发展的长河，于浪涛中取这一杯啜饮。

　　丛书编辑过程中，尽量保留了译著的原状，借此为读者呈现民国初期珍贵的语言面貌。编辑过程中仅对个别生僻词句加注说明，并对译文的形式略有改动，如删去了《古代的人》原译中的部分英文括注，以避免与原文对照功能重复。由于编选时间仓促、水平有限，一定有很多不足与疏漏之处，敬请读者批评指正。

辽宁人民出版社

代　序

　　几个月前，受辽宁人民出版社编辑邀约，为他们精编的一套民国名家经典译丛作序，并收到电子初稿小样。虽执教英文近30年，翻译专业书籍、英美小说、杂文等文字量近200万字，但为学贯中西的大文学家、民国时期精英才俊郁达夫、徐志摩、林徽因等人的译作写序，岂敢？故几番推辞，不敢承约。但手中拥有了这份来自故乡的电子书小样，我如获至宝。在北欧夏日极昼极长的日光里，工作之余，悠闲地坐在斑斓树荫下、湖边草坪上或街边咖啡座里，我先睹为快。捧书细读，重温英汉对译的妙与美，我似乎穿越到了上个世纪二十、三十年代的民国时期，与我少年时起就崇拜的冷峻的郁达夫、才情的徐志摩和美丽的林徽因在方方正正的中文里相遇啦！我在字里行间感受民国时期那股清新的译风，在诗化的素美语言中玩味彼时翻译的乐趣，徜徉在看似信手拈来却也处处机巧的篇章中，时间空间仿佛凝滞在那精读时刻。

年少时，也曾读过英文原著小章节。一路走来，人生中年，在英语语境中深入到久远的原著，伴着波罗的海边的余晖，我再一次理解郁达夫作品《沉沦》与他的译作《幸福的摆》的某种关联。主人公华伦徘徊在理性与感性之间，命运从悲喜转为平和，仿佛那身边大海，时而惊涛拍岸，汹涌澎湃，而后又归于平静安详，不仅抒发感叹：这就是人生啊！

某个晴朗的周末，我在湖边草坪席地而坐，像个12岁的小姑娘般充满好奇地读完了亨德里克·威廉·房龙撰写、林徽因译就的《古代的人》。房龙像个博学的圣诞老人，精巧细致地引领读者走入历史长河，贴切的行文勾画人类进步的面面观。而时年22岁的美丽才女林徽因用她缜密的逻辑，精致的文字，醇熟的译法再现出原著风格。读她的作品如同欣赏她设计的精美建筑，那样灵动，那样飘逸。

徐志摩的诗才人尽皆知，他的字句清新、意境优美和神思飘逸是历来文青们效仿的典范。美慧的英国女作家曼殊斐尔人格的精华给了诗人灵澈，他们惺惺相惜。最适合在一个绵绵细雨的日子，捧一杯咖啡或清茶，读《园会》，品《一杯茶》，看《理想的家庭》之模样。诗人用他如诗般的音律，典雅的人名转译，神奇点睛之笔，重现多位栩栩如生的欧美人物形象，亲切而又陌生，仿佛老上海城隍庙游园会，走来一群曼妙的蔷媚，谈着雨夜的翡冷翠……

快生活时代，让我们的思想、思绪慢下来，品读经典，体会文字语言的译介之美。让这译介的"媒"引领我们走入东西方文化的"国际理解"之中吧！

张东辉

（英语教授、维尔纽斯大学

孔子学院中方院长）

于维尔纽斯

2016年7月

阮弗 诗集 ● 阮弗 著

蝶梦庄梦蝶

中国出版集团
东方出版中心

图书在版编目（CIP）数据

蝶梦庄 / 阮弗著. -- 上海：东方出版中心，2024.

11. -- ISBN 978-7-5473-2566-7

Ⅰ. I227

中国国家版本馆 CIP 数据核字第 2024A7K556 号

蝶梦庄

著　　者　阮　弗

出　　品　东方出版中心北京分社

策划统筹　范　斐　曾孜荣

责任编辑　温宝旭

营销发行　柴清泉　周　然

责任校对　汤梦焯

特邀校对　孔维珉

装帧设计　手术刀　张丽颖

出版人　陈义望

出版发行　东方出版中心

地　　址　上海市仙霞路 345 号

邮政编码　200336

电　　话　021-62417400

印刷者　天津裕同印刷有限公司

开　　本　787mm×1092mm　1/32

印　　张　8.25

字　　数　116 千字

版　　次　2024 年 11 月第 1 版

印　　次　2024 年 11 月第 1 次印刷

定　　价　58.00 元

前言

　　我为什么会写这么多诗？事实上突然有一天我就开始了写诗，一发不可停止，写了好几年，可能还会继续写下去。因为不知为何开始，也就没有逻辑上的原因。当我写了第一首诗，把它发在小范围的朋友圈，就有不少朋友告诉我，他们挺喜欢的，这给了我一个很好的反馈。所以，这里有一个契机，诗对我而言，是有对象的。

　　为什么书名叫做《蝶梦庄》？大家都知道庄周梦蝶的故事，庄子说自己不知是梦到了蝴蝶还是蝴蝶梦到了他。这里蝴蝶也是一个对象，或者说庄子可能也是蝴蝶的对象。对于我来说，这或许是一个关于爱的故事。爱是互相的。爱是互为对象的。如果只有一个单方面的视角，那就不是爱。双向的视角，构成了我心中有爱的世界。

　　而我的诗属于这个世界。

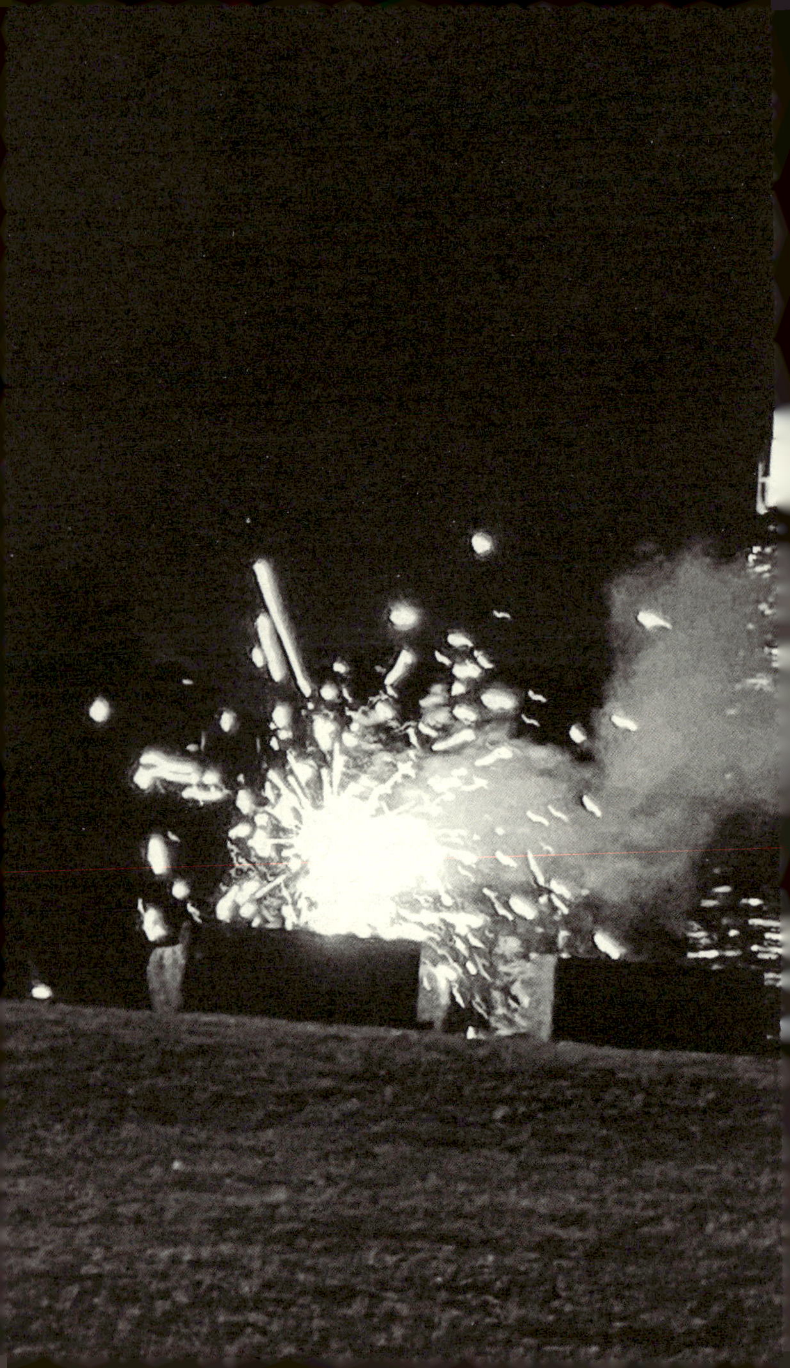

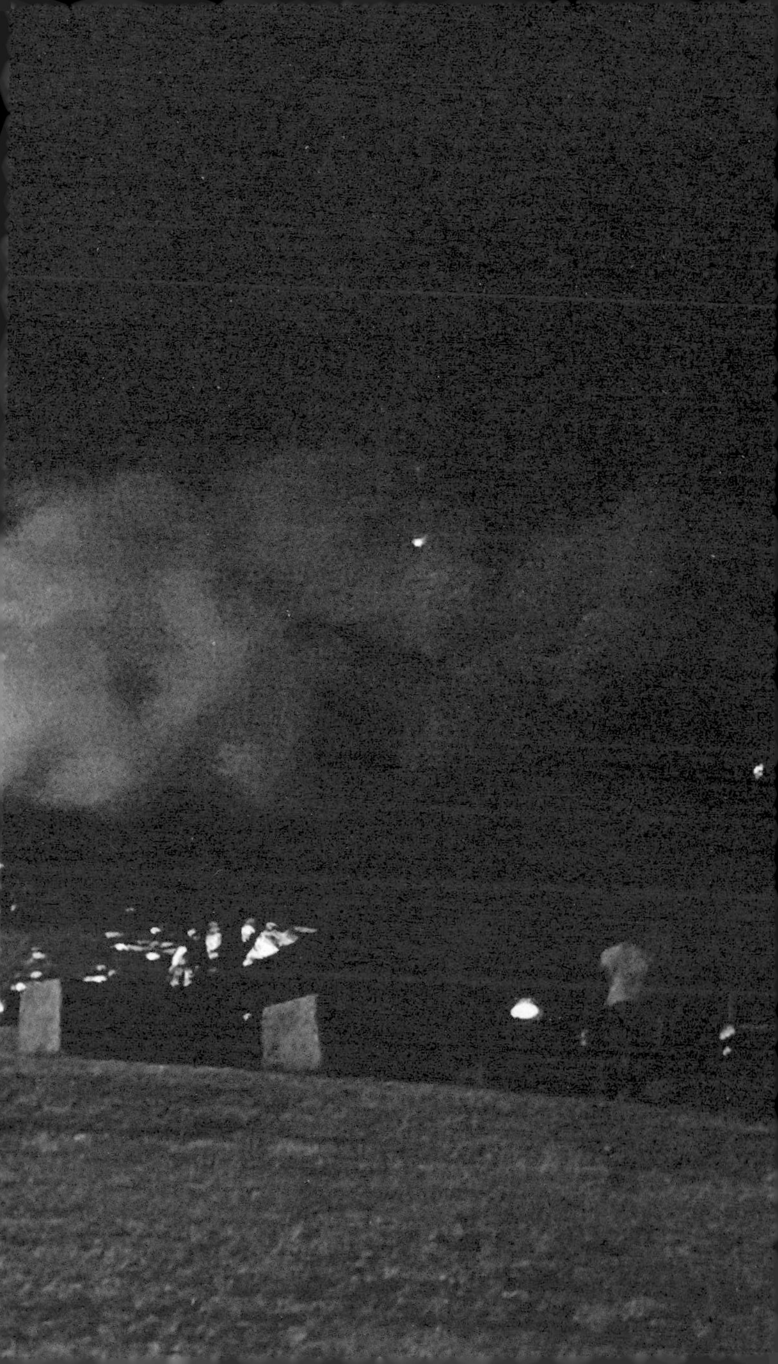

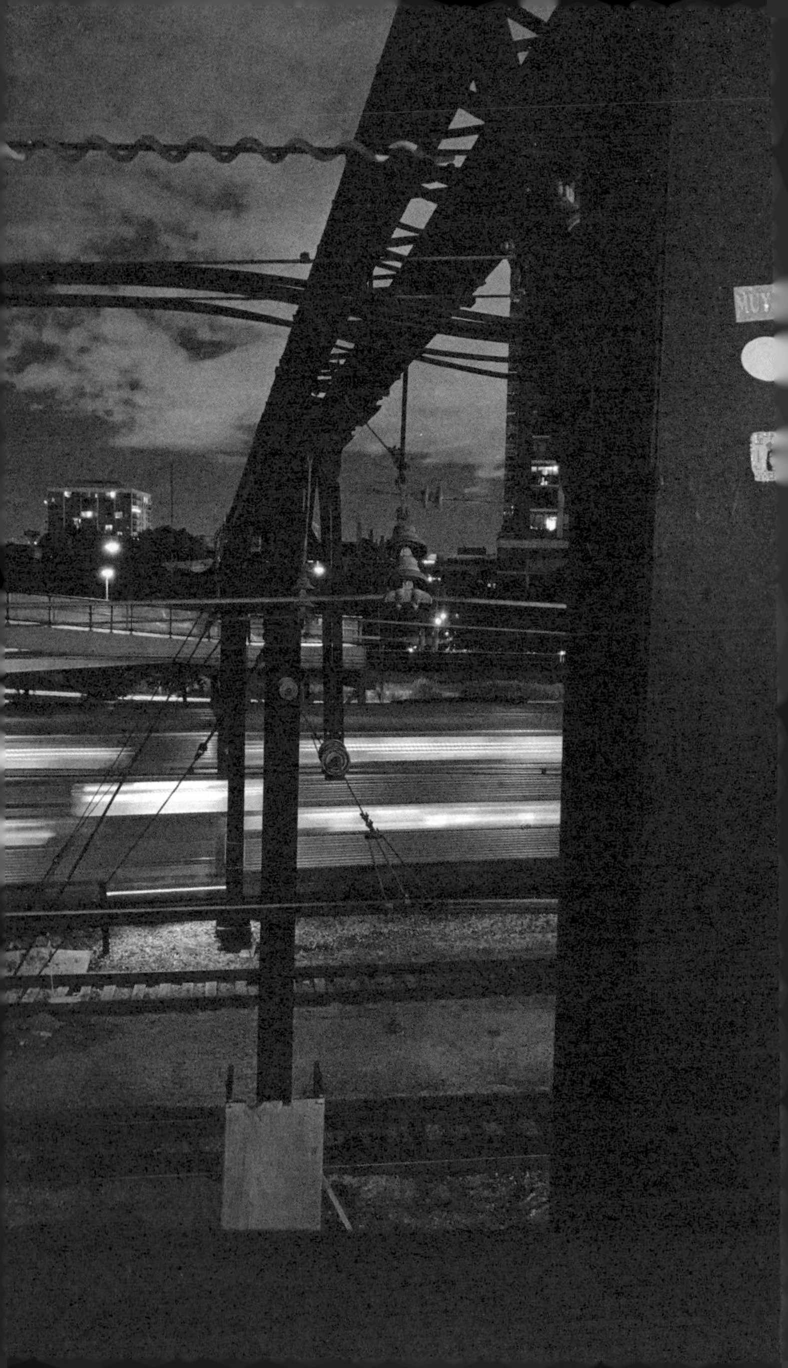

目录

I 孤岛 GUDAO

Ⅱ 黑 HEI

顾左右而言他

049

Ⅲ 玫瑰花

MEIGUIHUA

IV 心声 XINSHENG

V 月光 YUEGUANG

I 孤岛

GUDAO

没有人是一座孤岛
也没有人不是一座孤岛
孤岛生出了暖意

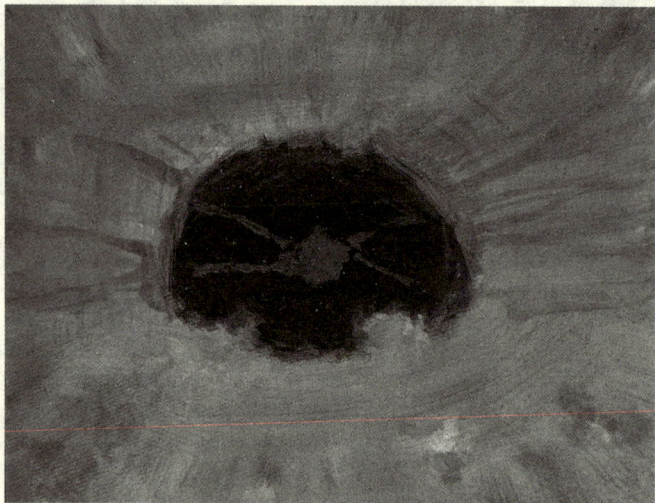

1/ 把盏

我惭愧地低下头

沉默

托住了我

杯中的酒呀

请你停止冒泡

今夜

我是那个把盏的人

请干杯

为了躲避纯粹

我低下了头

2018/05/30

2/ 白日梦

当夜晚来临

才发觉

白天

不适合

做梦

2020/12/11

3/ 半年

半年
既长又快

疲于奔命的人
就算给他整个世界
他也只看见了
时间的
背影

2020/06/06

4/ 闭

话语
是一道门

此时
谁把它打开
谁就是
我的亲人

2020/04/26

5/ 别离

叶子
从北落到南

树木的心情

别离
别离
才能发新芽

2020/12/09

6/ 冰砖

满屋子转悠
找不到想吃的东西
忽然忆起小时候
那次和父亲
路过一个城市
匆匆停留

那是在冬季
南方潮湿的寒冷
钻心般进了棉服里

似乎是逛一个公园
凉亭们都垂挂下
串串冰凌

父亲的朋友请客
他居然请我们吃冰砖

第一次在寒风里

捧着冰砖嘎嘣地吃
我呵出的热气
都能结成一团冰

已经忘了
如何把好大一块冰砖
从头至尾吃完
但它却是我
对于陌生的一次惊奇

在这里
他们冬天也吃冰砖

冰砖的冰
是奢侈

不记得了
冰砖的滋味

绿豆的?
赤豆的?
还是奶油的?

无关紧要

关键
它是一块
冬天可以吃的
冰砖

它与父亲的慷慨一起
温暖地留在了
记忆中

而平时
即使是夏天
母亲
也很少允许我
吃冰东西

我静静地坐下来
想象自己
手里拿着冰砖

简朴包装
似乎是蓝纸
包裹着
天下美味

冰丝凉意
沁人心脾

2021/08/25

7/ 剥落与酿造

你们开始消退

作为我

无知无助无能的

志向

别残留

别恋战

我会前往

打扫了战场的

清风明月地

与抵达者

干一杯

那加强了的

红酒

正在剥落的

是我的童年往事

很早以前

我已开始酿酒

橡木桶沉淀着
几十年前的
碎屑

时间
却说明不了问题

酒的品质
来自当下
来自于你的目光

酒品
也来自
耳朵

听
静静地听
一桶好酒已经出仓

2020/04/30

8/ 猜

不清楚的事儿
不要轻易去
猜测
它往往
出人意料

2020/06/27

9/ 参禅

精神的

物质的

虾酱与鸡蛋羹

空缺

也安然

一个

无话可说的

时长

沙沙作响

2020/12/08

10/ 茶语

茶通过我的口

道出它的心

2021/10/01

11/ 颤动

是啊
蝴蝶一扇翅膀
所有的
都改变了

请你告诉我
你为何要
扇翅膀

2020/09/13

12/ 重复

太阳升起
我匆忙地拉上
两层窗帘
遮挡刺眼的光线

日影游走
我知道
明天它还会来

在此期间
像渔人捕鱼
我打捞字词句

日出而作
日落而息

多年以后

我会想念你

重复照过我窗前的

太阳

13/ 匆匆忙忙

来不及

作好一首长诗

我要睡了

还来不及

做完整个梦

我又要醒来

2021/04/28

14/ 出门

有时候

人们出门旅行

是为了

吃一碗陌生的馄饨

喝一杯

理想中的牛奶

2018/03/21

15/ 春风拂面

与你的交谈

多么有益

它使我慢下来

急躁带来许多误解

语言的不逮

粗糙而暴力地划过

与你的交谈

如坐春风

当我们朝向他人时

请让我们

慢一点　再慢一点吧

2021/12/22

16/ 春天

这个春天不一般
尽管樱花比以往更灿烂
我也没有想停驻

我只身寻找我的春天
竟然被我找到了

它是一个词
一句话

比樱花更浓郁

2024/04/12

17/ 错拔

为了拔一根白发

不小心拽下了黑发

心疼老半天

2021/08/04

18/ 打抱不平

又一天过去了

我忙着

打抱不平

却忘了

打抱不平的原因

2020/08/10

19/ 掉落 1

语言

使语言

掉落

就像

钻石

与钻石

聚集

今晚

你的共鸣

敲开了

一块石头

它碎裂

掉落在尘土里

2021/07/07

20/ 掉落 2

豆角成熟了

豆子迟迟回首

豆荚开口

豆子就掉落下来

2020/02/17

21/ 对应

每首诗

都对应着另一首

不会发表

诗人

最拿手的

是什么呢

转移视线

避重就轻

指鹿为马

粉饰太平

如果他再也写不出

温柔的句子

实在是幸运的事

夜有多黑
语言就有多无力
彼此的凝视
化为最蓝的海

葬身其中
是我的幸运

2018/11/07

22/ 对视

我一只眼 看着你

另一只眼

看到你 看见了我

2021/02/02

23/ 儿童节快乐

谁的童年

不是一地鸡毛

爱里

裹着恨

一粒种子

具有植物

所有的信息

童年

为上一代

准备好

报仇雪恨

种子发芽生长

就像一个词

长成了一句话

你撷取

某种意涵

它们一起成就了

未来的父母

字词有多宽广

未来就有多辽阔

谁的童年

不是

满目疮痍

大人们发明了

儿童节

他们却不知

儿童天然快乐

儿童的快乐

拯救了

大人的不快乐

祝大人们

儿童节快乐

2020/06/01

24/ 分别已久

我翻飞

而干燥的

头发

使我注意到

这些天

都没下雨

我

与连绵不断

滴滴答答

湿漉漉的

南方

也已

分别很久了

2021/01/03

25/ 风力

你切断了脐带

风餐露宿

至今未死

2021/11/22

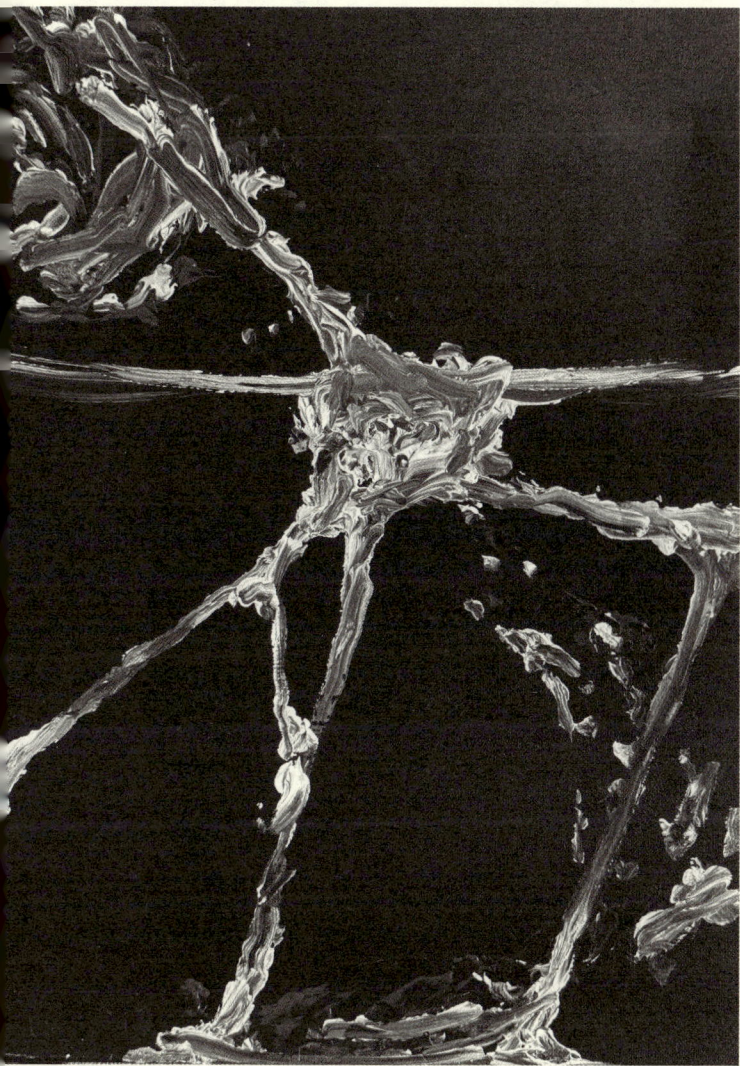

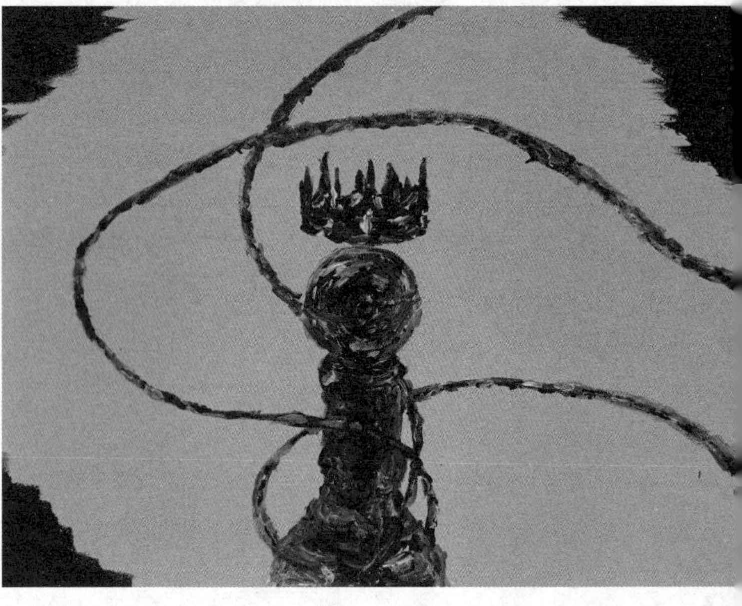

26/ 父母

父亲
是一条
天际线

母亲则是
一道开口

2020/10/23

27/ 浮世绘五首

1.

这一天

乱七八糟的

像一碗

会塞牙的汤面

2.

我不再执意于

求真

真理本就

与我同行

3.

既喜且忧

既喜且忧

既喜且忧

4.

听到一句

让人高兴的话

觉得雾霾天

也变得透亮起来

5.

早上洗澡

改成了晚上洗

像是在

勤快地偷懒

2021/1/16

28/ 公平

人
压抑得了
意识
但却压抑不住
无意识

2019/12/28

29/ 孤岛

没有人是一座孤岛
也没有人不是一座孤岛
孤岛生出了暖意

2020/02/28

30/ 故乡 1

我一次次

离开了

故乡

一次次

不同的故乡

地理上

文字上

证书性的

故乡

我的故乡

到底

在哪里?

就在
出走与出走
之间
就在
抵达与抵达
之间

我的故乡
它流动不停

2020/01/27

31/ 故乡 2

我的故乡
是汉语

可怜的是
我并不比别人
懂多少

汉语
既是我的天空
也是我的牢笼

什么时候
我才能策马驰骋？

2020/10/03

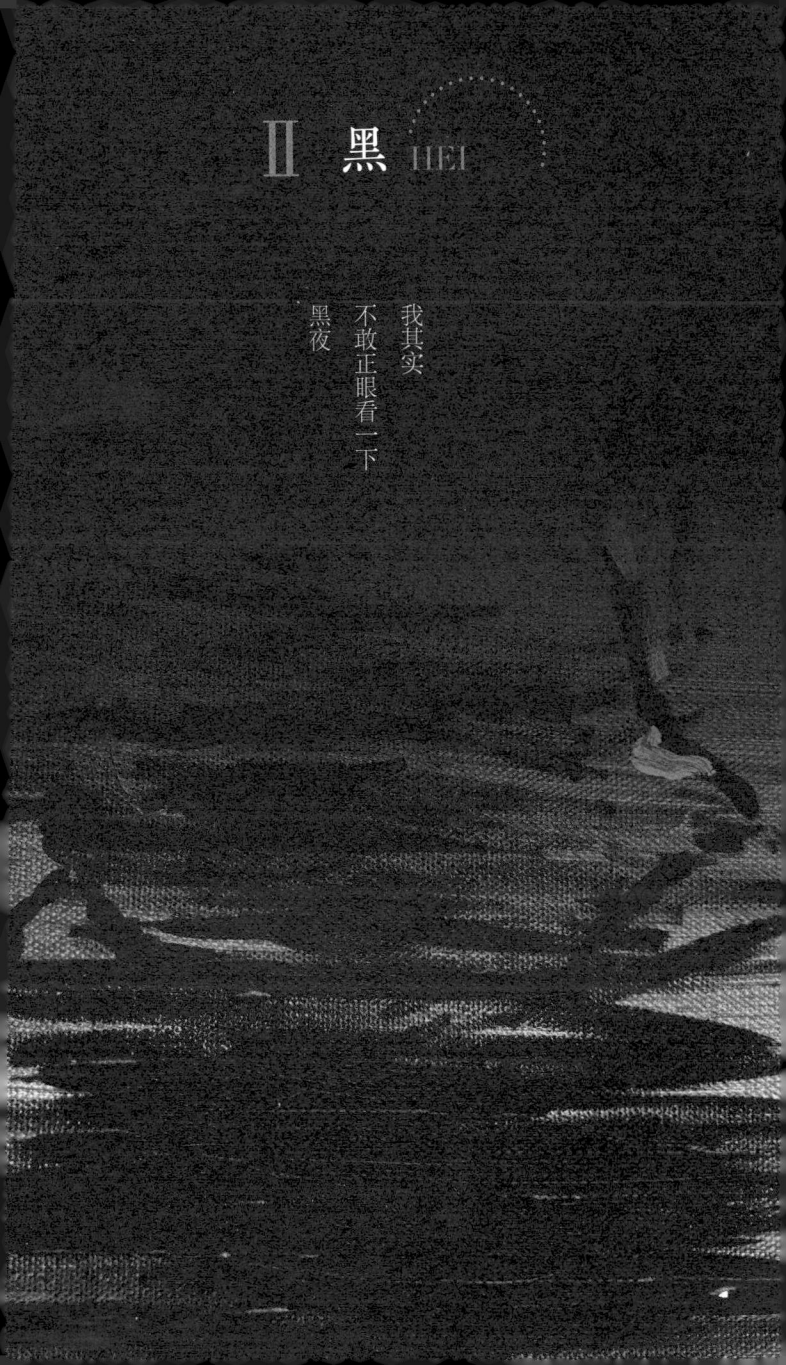

II 黑 HEI

黑夜

不敢正眼看一下

我其实

32/ 顾左右而言他

黑夜给了你

黑色的眼睛

你找到

光明了吗?

2020/03/19

33/ 关于建议的断想

自从我立志
不提建议
我的话
少了许多

为了不让
眼神杀人
我转向自己

沉默中
听见回声
你的和我的

2020/09/19

34/ 光填满墙

我们总以为

我们被排除在

某些东西之外了

不被接受

不被倾听

拒绝

令人绝望

某些珍宝

掉落

眼睁睁看着

没有手

去接

我们互相瞪眼

说不成话

我们之间横着一道
墙

然后
你来了
把我们紧握的拳头
掰开

同样的目光
同样空洞无力
我等着被填充
他似乎也等待着

墙是空的
像地球上的裂谷

你来了
你像一道光

光也是物质
此刻
充满了墙

你如此去爱

爱如此强烈

爱那么空洞

你来了

使我们看见了

彼此的空洞

物质与暗物质

进行交换

站在你的光下

不被排除

也不再排除

无内无外

才是你的正果

2021/09/29

35/ 过度

清早的阳光

过度密集

洒在床头　洒在沙发上

洒在每一张你想落座的

椅子上

啊

你的目光

此时

阴面的茶桌

就受到了你的

照耀

2021/12/16

36/ 哈哈哈

一棵树

看到另一棵树

在寒风的催促下

落叶缤纷

不由得

哈哈大笑

却一不小心

把自己的叶子

也晃没了

2018/11/07

37/ 含苞待放

下午
花并没想开放
它只是瞬间放松了自己
微笑了

2018/11/24

38/ 好茶

好茶只做它自己

从不与相似者

互换角色

2021/03/06

39/ 黑

我其实
不敢正眼看一下
黑夜

不敢看它的星星
闪烁着光

不敢看它的嘴角
露出微笑

不敢看它的牙齿
那么雪白

一片黑暗的世界
气息微弱

假如风暴袭来
我知道
那是必然的

2022/12/09

40/ 后退

前进了半辈子

此时

你必须

后退再后退

停下

给正确

来一点儿

挫折

2020/10/23

41/ 画家

女人都是绘画大师

每天在脸上作画

没有人比她们

更拿手

2017/10/05

42/ 忽然之间

因为写了暧昧

她整个人

光亮起来了

2020/03/11

43/ 话语

那些

我无法

付诸文字的

大约就是

我想说的话

44/ 鸡生蛋还是蛋生鸡

辗转反侧

明天起床后

是左脚先下地

还是右脚

2020/02/27

45/ 假想敌

每首诗

都是恋人絮语

无法抵达

诉说的本质

小说太难替你

出头

哲人写的书

却直抵胸臆

热泪满盈

只有浓缩的

才能缓解疼痛

犹如

过量的一切

要抵挡的

本不是外人

而是你自己的

洞窟

枪林弹雨的幕布上

是它

大展拳脚

是它

装扮欲望号

街车……

2020/06/16

46/ 简单

想到

不用去改变别人

她轻松多了

归根结底

她喜欢简单

2020/05/14

47/ 匠人

我仍然没什么诗意
即使我已被文字编织

也许我应该

去做个手艺人

将想法

刻进纹饰中

烧成陶瓷

如玉似冰　像墨类火

千年不坏

只有窑变的色泽

沉潜着　流转着

年代的光景

你不用表述

只需匠心

然后落下一个款

或者不

2018/10/22

48/ 京城之雪

物以稀为贵

2020 年还未到

就已经贵了两次

2019/12/19

49/ 巨大的耳朵

我用巨大的耳朵

向你接近

在柔和的光晕中

你熟悉地微笑

动作很柔软

帘幕缓缓移去

旧时走过来

分枝散叶　重新生长

2022/04/15

50/ 可数名词

——活着

有时

好好地活着

就有意义

足以表达

你对一切的态度

过好每一天

哪怕

难分爱恨美丑

哪怕面具

已长得比面孔更精致

最大的诱惑

还是

你与世界的债务

是否可以

负债少而盈余多

2022/08/22

51/ 嗑瓜子

嗑瓜子声

欲望的小开口

一口接一口

2022/01/12

52/ 空洞

我安静地待着
听了一会儿耳机
站起来
我没有急着
要干什么

空洞
在等着我

我待在空洞外面
踱步
我将步子
踱成了漩涡

我踱着我的步子
空气补充
我空出来的位置
就这样
踱来踱去

一直�到那边的

空洞

变成了道路

53/ 孔雀裘

有多少人
不希望下雪
是因为
没有孔雀裘

2021/01/18

54/ 控制

你站在地球上
却仍然担心
掉落于
身体之外

2019/12/20

55/ 裤子

去年冬天的裤子
拿出来穿
还是刚刚好

这一年
我没有吃
过多的食物

2020/11/14

56/ 快乐

我抽回
我的快乐
放大家
一条生路

2020/06/27

57/ 历史

今天就是历史
我们创造着过去

是宝玉的出家
造成了
黛玉焚稿

是玄奘取经
创造了一路的妖怪

是雾霾
破坏了环境

是天地
创造了盘古

是日心说
创造了
地球中心主义

是印象派
创造了古典艺术

今生
创造了前世

现在
创造了历史

历史来自于
言说

你
创造了历史

2020/12/05

58/ 良知

善良的基础
是诚实
对自己诚实

2021/02/02

59/ 另一种表述

沉默

是另一种表述

春天

急迫地来了

蜘蛛很无趣

它耐心地等待

为了猎物

或者

仅仅是虚空

是啊

网不住春天

就夏天

要不然就

秋天

还有冬天呢

所以我也

日日地

结着一张网

破了又织

这是

另一种表述

当话语

无能为力

我们就

换一种表述

2021/03/22

60/ 路

人们不停地

说啊说

没有尽头

正如

走不完的路

2020/11/23

61/ 妈妈的职责

常常

不操心

才是最靠谱的

操心

2008.4.30

MAMA

2019/12/09

62/ 麻糖

友人赠我

一罐

黑芝麻糖和花生糖

太好吃

一片

又一片

小时候

这样的麻糖

是别人眼中的

奢侈品

而这个别人

也包括我

我狂吃不已

停不下来

2020/01/20

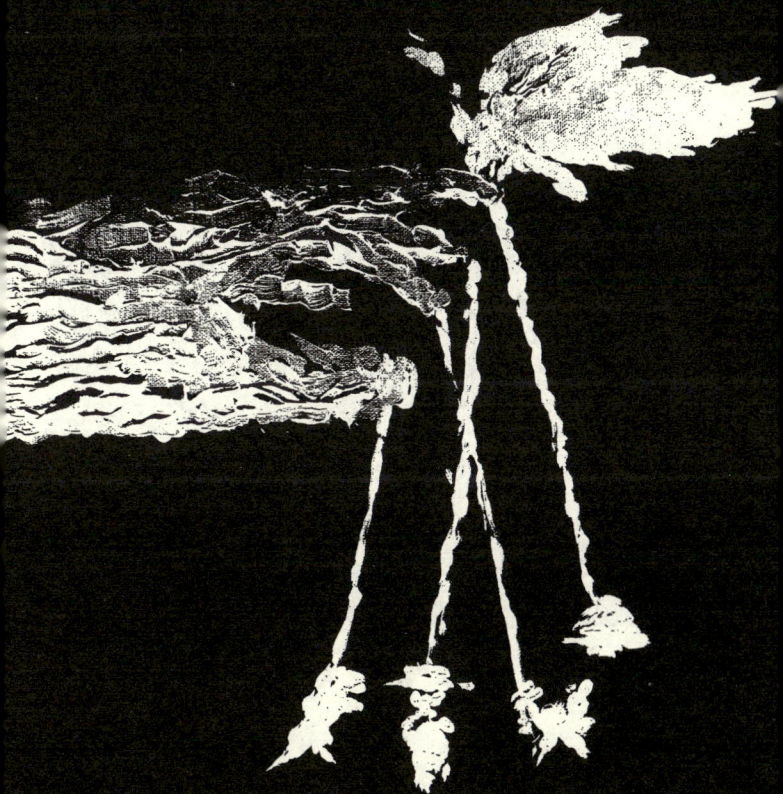

III 玫瑰花

MEIGUIHUA

我无法到达
你的领地
就得承认自己
无能为力

63/ 满足的孩子

遥远的记忆

被一个初次见面的孩子

留住

我如此想给予

活泼可爱的他

一些东西

物质的

或者是某种嘉奖

然而他说：

够了

够了

我够了

边跑边跳

留下我

独自怅惘……

2020/11/23

64/ 玫瑰花

我无法到达
你的领地
就得承认自己
无能为力

玫瑰花的刺
至今没有刺醒我

评估的能力
为何被你
窃为己有

你是一个窃贼
收回你的手眼心
收回你
贪婪的呐喊

从此承认你的
无能为力

2020/03/15

65/ 没有

没有一声呼喊

没有回音

没有一片落叶

没有飘零的地方

没有一封信

没有收信的人

2023/05/21

66/ 美

世间最美是谦卑

而我还未曾

见过她

2020/11/27

67/ 美丽

年轻时
我们不敢不美丽

2020/05/20

68/ 每天有一刻

每天

有一刻

夜深人静

花不停地开放

花落了满地

2021/08/06

69/ 秘密

手握着别人的秘密

把我烫得

想一把甩到地上

2021/03/04

70/ 面具 1

女人是女人的症状
美丽是美的防御
我开始理解
面具的真善美

2020/04/30

71/ 面具 2

有些人在家

不戴面具

忍受不了自己的样子

就跑到外面去

戴上虚伪的面具

一点点地　快乐起来

2020/12/06

72/ 墓地

你的话语
像抽象的诗
我听不懂

我使劲儿猜
却猜错了

总是错的
几乎没有对过

我以后
要慢慢猜

我打开窗
听见歌声悠扬

诗歌的法则
指示着一具尸体

今年

可说的话

越来越多了

直到今天

我听不懂为止

事实证明

话语不适合

交谈

越说越乱

越说越添乱

睡一觉

死去

失去

黯然失色的词语

才是我们

应有的样子

我搬离了原来的地址

你只能寄信给我

喝口茶的功夫

我看完了你的信

信比话语好懂

你说着

和他同样的鸟语

这种话语

在某个通道

相互传染

而你的信却

致力于

让我看懂

任意一个指令

那谜一般的鸟语

断断续续

如诉如泣

却不知为何

敲开了

一扇铁门

铁门后面

是墓地

2020/09/03

73/ 目光

人们总是纠结

公众人物的问题

他们觉得

自己不够份量

承受垂顾的目光

2020/04/10

74/ 你之谜

我对自己的理解

还不够深入

不接受瘢痕的

会积累更大的深渊

尼采为什么疯了

至今还是一个谜

跟莎乐美无关

跟美有关

写诗与拜佛

有什么内在的联系？

求而不得的人

会去拜佛

写诗的人知道

拜佛即行动

写诗即行动

求告无门
因为门即深渊

我对自己的深渊
还不够了解
我并不知晓这一点
直到我开始持续祈祷

祈祷不是求告
祈祷不是要求一个结果
而是探寻
小径分岔的花园
花园有多曲折
你就有多深的理解

诗人
即解谜的人
他不断修缮重建
自己的花园

2021/08/23

75/ 你好，丑小鸭

你妈没告诉你
所有公主
都会变回丑小鸭
所有王子
也要变回青蛙

2020/12/08

76/ 凝冻

人们被语词冻住

锁在历史中

难以逃脱

小偷

本来有机会

改过自新

一道闪电

一阵风

吹过了这个词

他从此再也不能不偷

直到有一天

他将这个词写下来

冰开始融化

无数的冰开始融化

2022/04/11

77/ 纽带三首

1.

我束紧了肚子
却凸起了胃

2.

吃了一颗梅干
酸倒一排牙

3.

父母搬离了老家
但愿这里
比故乡更安宁

2020/12/18

78/ 俳句

石川啄木告诉我

俳句的美

就是

樱花的美

2020/11/13

79/ 泡泡

世界

如沼泽地里

冒出的泡

一望无际

各个不同

无能如我们

想只用一个泡

去套住所有的泡

2020/11/23

80/ 平坦的肩膀

落在我肩膀上的鸟儿

它们飞走了

谜一样的咒语

解除了一条

不要太把大人

当回事儿

两肩狠狠地放松

蓦然回首

落日了

浮云游子

他们都消散

草木一秋

空空如也

诗书礼乐之国

词不穷

意自远

2021/09/01

81/ 七欲

1.

贪婪——
今天把明后天的饭
也给吃掉了

2.

嫉妒——
为不是自己的
而烦恼焦虑

3.

爱情——
把我的时光
都给你

4.

快乐——
结束之后
不会后悔痛苦

5.

时间——

让你注意到

不够用的紧迫感

6.

金钱——

经过多少次交换

也不会破损失效

7.

友谊——

不会因为你的怠慢

而愤愤不平

2020/06/29

82/ 谦卑

讨论谦卑问题时

我们各不相让

打了起来

2017/09/24

83/ 青春1

青春无悔

说的不就是

悔之

悔之

吗

2020/06/30

84/ 青春 2

青春真好

无论对错

都是对的

2021/01/18

85/ 清风

傍晚

清风徐来

吹散了杂念

2021/03/10

86/ 缺席

烧酒的烈
让我想念起
茶的温柔

2020/12/11

87/ 人体

人是一座

遗忘的沙漏

有些记忆

它不喜欢

如果不日日翻找

人们可能早已

变为漏斗

那些忘却的

细沙一般

抖落

会从你的心里

悄无声息地

落入身体

细沙被回收

填进你的柔弱

凸起的或是凹陷的

那些你丧失的

过去

抚摸一下

千疮百孔的地方

身体是沙漠

可以漏满

你的失忆……

2020/05/30

88/ 日子

你分秒必争

等不及看我一眼

今天又过去了

2020/03/07

89/ 三围

我们以为

自己很痛苦

不

事实上

我们比我们以为的

更痛苦

杯子装满了水

就装不下其他的

换成浓缩咖啡吧

香气扑鼻

而苦可以更苦

或者换个大杯

重新装载

虽然海不可斗量

但是斗可以更无边

这样

就这样吧

你总得经过转换

像少女变成肥胖的人

三围没有变化的

也是一个历史单薄的女人

2018/12/12

90/ 沙尘暴

你说着话

我也说着话

但我们都觉得

你好久没跟我

说话了

空中飘浮着

尘沙

是我们彼此

未接住的

废话

沙尘滚滚

堆积得越来越多

仿佛会把我们

掩埋

一滴水

落下

迅速被吸干
得有多少泉水
才能浇灌
这废话的沙堆

我决定
减排

如果开口
那就一句一句
兜住
飘来的花朵

多久了
我们把花儿
藏在心底
好吝惜
连一丝芬芳
都不泄露

以花换花

柔软的

即使凋谢、腐烂

也不会把我们掩埋

2020/01/08

91/ 伤春

这天儿
日头渐长
换下短恤
穿上长衫

停暖气的瞬间
我不住地走向窗边
晒太阳

2020/04/01

92/ 少就是多

极简主义

首先是——

少说废话

93/ 少少地

这个年纪
我开始
沉默两日
说话一天

2017/09/20

94/ 少年

他说

哎呀　好累啊

然后

继续用力歌唱

2020/12/12

95/ 什么

我们在乎什么
我们等待什么

我们种下什么
我们就收获什么

2020/10/08

96/ 射箭

日子
以射箭的速度
向前奔跑

而我们
还在为它的快
而怀恨在心
不肯动身

2018/08/16

97/ 诗五首

1.

我看懂了你的心思
暗暗地
任时光流转　流转

2.

美——
等于不完美

3.

欲望——
使人遗忘
最深的匮乏和空缺

4.

世界——
是康德
从未离开的小镇
也是你
走不完的天涯海角

5.

真相——

当人们

不由自主地

拼命去掩盖时

真相

已经不言而喻

2020/06/30

IV 心声

XINSHENG

沉默
是一种物质
虽然都不作声
你和我的
形状　颜色　重量
却不相同

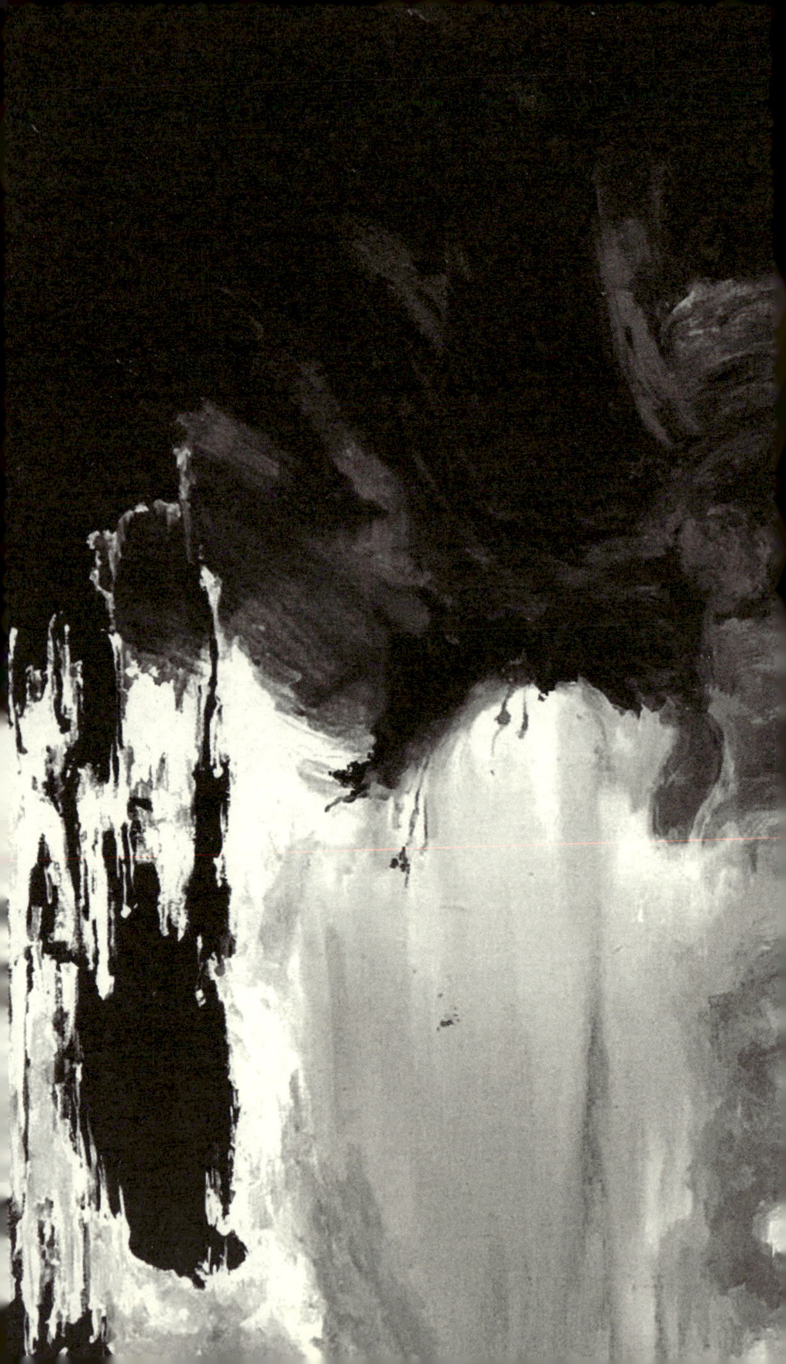

98/ 失败

在成功之林
我寻找着失败

2020/09/29

99/ 诗人

还有对策的人
还在吟咏无常的人
不是诗人

诗人
自己化为
无常
日夜与魔鬼同行
于此完结一生

2020/10/08

100/ 时 刻

无言以对

忍耐 再忍耐

这还不是你的时刻

干着急的人啊

你拾起的

是什么成分

的重量

其中

有多少痛苦

属于你自己呢

2020/11/23

101/ 拾起

今天的路上
我只拾回一句话：
不　你不懂
即使懂
也不要说
因为
一说　它就不见了

2020/08/06

102/ 使徒

装死的鸟儿
是真理的使徒

它耐心地守护着
起飞的时刻

2021/11/01

103/ 思念

你近在咫尺

而我却在思念你

2017/08/20

104/ 死亡

每当我想起

假如死去

连同我的所有

都会消失

我就对死亡

满怀吝啬

仿佛我还能拥有

死后的生活

2018/12/06

105/ SOS

我喊——救命

隐约听到
有人在质疑

你呼喊的方式
是否
优美而正确

2020/01/12

106/ 酸奶机

他从百香果的
布丁碗
舀了一勺
放进嘴里

又从酸奶瓶中
挖了一瓢羹
吃进一口

随即鼓起腮帮子
满意地点点头

啊
现在我有了
百香果味儿的
酸奶了

2021/06/12

107/ 天使

孩子是天使
他的眼睛
可以看到家庭队伍

他拍打翅膀
调整行进的节奏
等待着我们
各自归位

2021/04/29

108/ 甜

甜是嘴里

最后一道滋味

吃完它

你便难以体会

其他美食

在甜的后面

舌头却变得

苦涩

令人烦恼

2020/01/06

109/ 听

我的视觉

强过我的听觉

想到此

我便竖起耳朵

顿时

周围安静下来

2020/04/10

110/ 通过

万事万物都相通

时间流淌着

从心而外

如果你相信自己

你也最好相信自己

通过的时候

幸福降临

2023/05/21

111/ 痛

痛
是为了治疗你
而不是
让你
治疗它

2020/10/09

112/ 晚香玉

异常香

联想到晚上

联想到晚年

总之是晚了才飘香

这款香水

足够了

颠倒众生

颠倒黑白

颠倒了词与物

2023/07/19

113/ 位移

我甘愿退下
让位于你

没想到
今晚
你解除了
对我的封印

这一刻的自由
伴随着臣服
一起到来

2020/09/24

114/ 温故知新

幽灵出没

形迹可疑的夜晚

我侵吞了一个麦格芬

因为我知道

词语可以改变现实

尤其是

你洞悉了我已了解的

现实

而我不想让它

崩塌在你的词语里

我只倾听

我的耳朵变得灵敏

我的舌头却开始笨拙

我慢慢放弃了

我的双眼

闭目养神般地

收回了它的能力

在这个
太阳雨后的气氛里
黑色
展示了它独特风格
没有黑色
就没有白昼的一切
阴晴不定的
本来只是人心

我开始佩戴
非传统的首饰
它们像
自然中的草木
尽管这有些吊诡

盛装的女人
传递的
只有遗愿

慢慢寻找
那些词典里
没有出现过的词

虽然有点晚

有点鬼使神差

我希望

黄昏时分

总有你们会来

某些翅膀

在夜晚要起飞

2021/08/26

115/ 我喜欢

我喜欢

和你们一起

踩着潮湿的雪

听你们

谈论着它

2020/11/23

116/ 我与你

我们面对面地争论
背对背地靠着
独自一人陷入沉思

2017/08/19

117/ 无赞

不得不承认
对于美
我已失去
赞美的欲望

2020/02/22

118/ 无题三首

1.

时间越长

诗行越短

夜晚越苍茫

2.

当人们递出橄榄枝的时候

很可能

压倒了另一束橄榄枝

3.

谁也没见过

没有戴面具的你

连你自己也是如此

所以与它

握手吧

面具叹了一口气

掉落下来

2020/04/07

119/ 舞台

在舞台上
谦逊的演员
忘掉了他本人
成为剧中人

傲慢的演员
背叛了扮演的角色
成为他自己

2021/03/06

120/ 现在的你

从现在开始

每天都是对的

我对此深信不疑

你就是

道路　真理　和生命

2022/04/08

121/ 享乐

当你不知道

你在享乐的时候

你以一切为苦

当你意识到

你在享乐的时候

你所惶恐不安的是

什么不是享乐

2020/05/08

122/ 心声

沉默

是一种物质

虽然都不作声

你和我的

形状　颜色　重量

却不相同

当沉默来临

我们便紧紧地

持有它们

拒不出让

重的挤压轻的

旋转　浮动

扭曲着　飘荡着

它们的节奏

居然很难掌控

自成腔调

一意孤行

痴傻不分

直到无边无际处

回荡起了

低低的

歌声

我戴上耳机

轻轻地和唱

轻轻地唱

生怕打扰了

它们此时

已结成的联盟

难道不是沉默

带来了歌声吗？

更好听的歌

从星星和天空

从大地和

草原那儿

从心里

悄悄地来了……

2018/11/18

123/ 星空

他画了星空
星星点点
它们冲他眨眼
填补着他的寂寞
一直到如今

2020/08/10

124/ 醒来

沉睡的大地

你正在醒来

自己醒来

积攒一点点的热气

洪荒之力

你的眼睛

天空之眼

在我心里

砸出坑道

这一眼

穿过时空

穿过万年

苍老地来临了

2023/05/21

125/ 幸福

人生最大的幸福

是生活在梦中

比美梦更大的幸福

是从梦中醒来

2019/12/28

126/ 虚度光阴

我正在与你

共舞

多好的时光

大把钞票

随手挥洒着

事实上

这也是最难得的

机会

我们不得不

这样

多少次

凝望

互相直视

像画画的手

一点点地画出了

自己
画出了你
画出了山山水水

画出了
飞鸟和天空
画出了
陷阱和困兽

时不时地诉说
像是一种球类游戏

沉默
也是我们的语言

没有目标
全凭直觉和表情

即使荒废了
也在改写历史

我诧异于那么多个晶体

它们不断折射出
我们的过去
我们的未来
以及我们立足的
现在

致以诚挚的敬意

要不然
我可能慢不下来
我可能问不出
我的问题
我可能等不到
一个回答

于是
我一遍遍地
合上书本

看激情
潮起潮落
从偏离的航线

再重新启航

虚度也是虚渡

两岸猿声啼不住
轻舟已过万重山

2020/03/22

127/ 虚席

空虚
是必须的

否则
怎么往里
填补充实呢

2020/12/11

128/ 悬疑

看烧脑的剧
很放松
有人替你烧着
你假装智商很高

2020/08/07

129/ 牙疼

牙疼

吃了最后一块巧克力

牙还疼

2020/12/02

130/ 延迟的睡眠

硬撑着不去睡的人
是不是不想去明天
你还欠今天一句话

去吧
去梦里
做一个总结

说完这句
可以去睡了

2020/12/07

131/ 严冬

经历过严寒

才认识阳光的温暖

被刺过

才了解玫瑰的花语

冬去不一定春来

等到春天的

是最素朴的芽叶

它们破土而出

迎风摇曳

2017/12/15

V 月光 YUEGUANG

遗忘的月光
倾泻一地
云谲波诡的水面
歌且泣

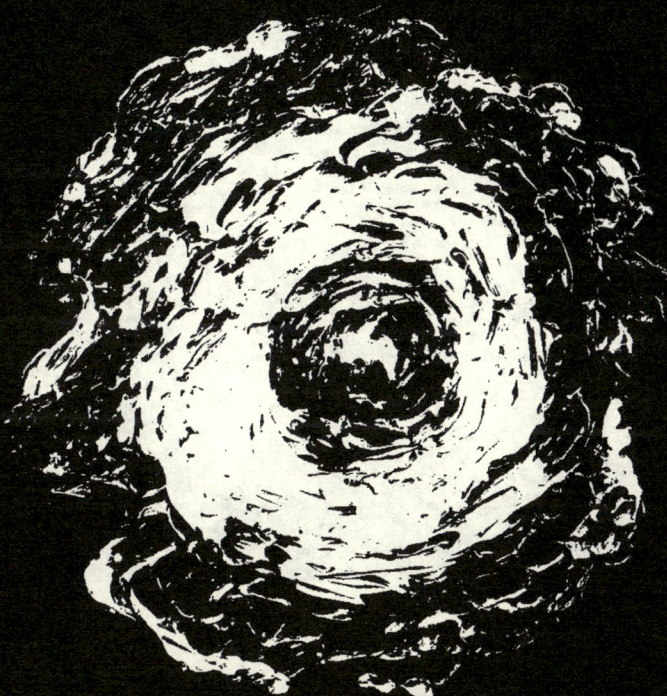

132/ 仰望

仰望累了

我现在

想低下头

看看我自己

2018/01/05

133/ 夜幕

夜
伸出了它的翅膀
温柔地
将我拥抱

2020/05/19

134/ 夜行于中秋

很多人

冲着天上拍

可是

今晚并没有月亮

月亮在心里吧

2021/09/21

135/ 夜莺

我除了歌唱
发不出别的声音

2020/11/16

136/ ——

一次吃一种菜
一次喝一种茶
一次有一次的满意

2020/12/30

137/ 一句话

有一句话
想说
但没人想听
把它留下
只说给自己
像一个录音机
放了一遍又一遍

最后
说还是不说
由不得你

一朵云飘过
思绪跟着它飞
说还是不说
似乎没那么重要

一句话

萦绕在心

它开始生长

一句话

一个人

天知地知

你不知

我知

曾经有一句话

等待着

另一句话

如果你能听见

那另一句话

你就可以不说

这一句话

2021/03/10

138/ 一锅米饭

就着我做的菜

大家把一锅米饭

吃得精光光

我开心了好久

2020/01/21

139/ 衣衣布舍

你穿着一身

不想取悦于我的

衣服

它时刻招惹着我

我的眼睛

想把它脱下来

换成我喜欢的

你穿着这样的衣服

意味着

我也穿着

这样的衣服

它们

互不迁就

某种缝隙产生

距离与美感有关

如果我们的衣着

也互相取悦

另一种

生无可恋

就可能产生

看到你们

穿着不一样的

品位和风格

我放心地

目送你们远去

有时候

太匹配了

反而不是原配

2020/05/11

140/ 一种创造

再多的偶然

也泯灭不了

我们之间的必然

2021/10/25

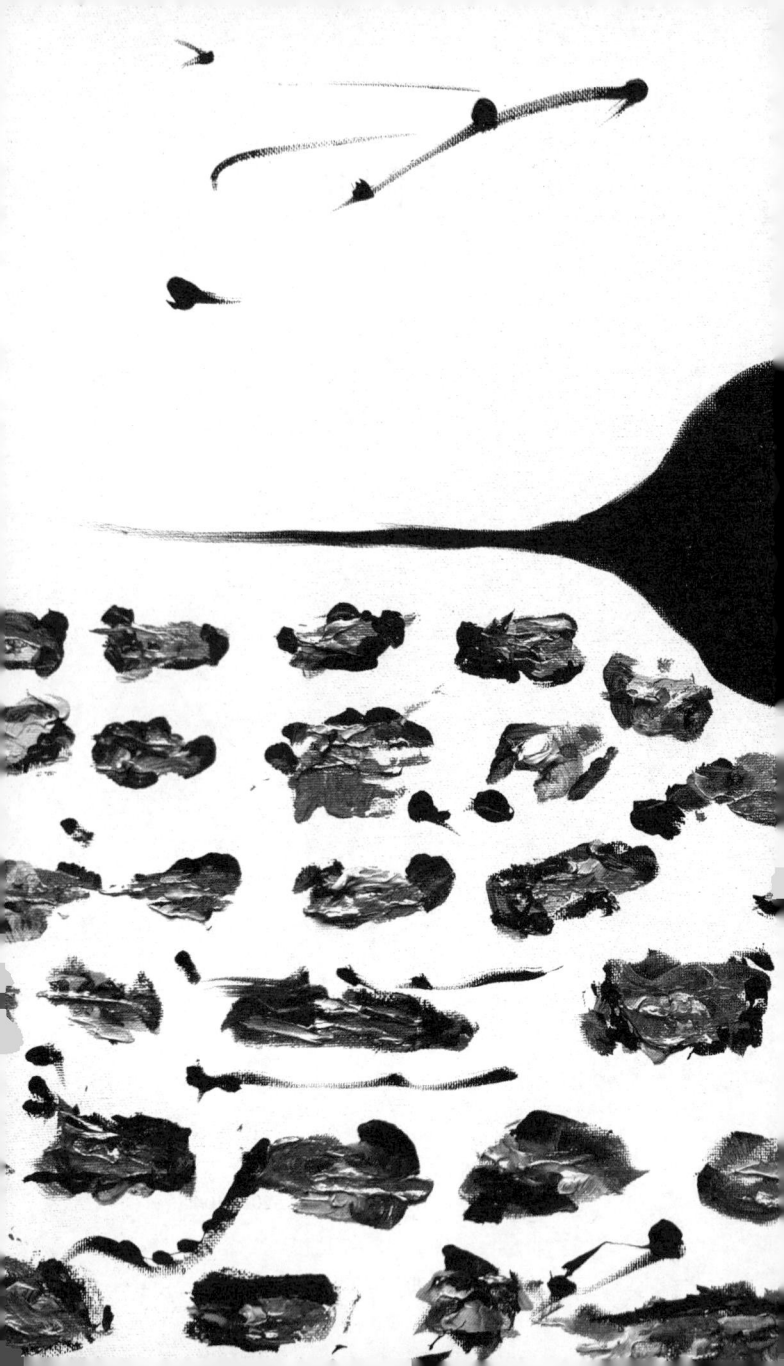

141/ 影子

影子
可以活很久
直到你
慢慢地比对
才能
把它分离出来
如同
剥掉一张皮

2020/08/01

142/ 永恒

我想收藏永恒
永恒却对我说
不如收藏刹那吧

2021/10/05

143/ 诱饵

鱼儿上钩前

眼里

装满饥饿

饥饿编织成陷阱

鱼儿

姿势优美地

纵身一跃

跳进了

自己网成的

陷阱里

2020/10/10

144/ 鱼

噩梦是一道闪电

劈开了黑暗

它比你

更理解你

需要有一个

狠心的人

向你启示

鱼是怎样

被开膛破肚

坠落桌几

黑夜里

目睹命案现场

再难忘却

死鱼的眼睛

闪过雷暴

惊悸地抽搐

是一个

断然的转身

这种时刻

我只在羑里城

遇到过

那卦象显示出

滔天反转

年轻的我

也曾经历过

什么　什么和什么

而梦里的鱼

是什么

我手里捧的那条鱼啊

它到底是什么

2020/06/28

145/ 鱼肚白

最浓郁的节日
快过去了

最切切的是
我们终将分离

果子落下
扎进泥土里
各自成长起来

母树有母树的
坚韧
果树有果树的
不拔

你饮朝露
我吸泉水
甘苦滋味
都化为不同
叶脉

我们终将

各奔东西

渐行渐远

风向各处吹

种子四散

不停地转换

所有的力气

不会白花

所有的破裂

告白了深爱

我们再一次启程

天空泛起了

鱼肚白

2020/01/29

146/ 雨茶

闻着烟熏的茶香
醉了
开始专心喝茶
犹如专心地下雨

雨水泡开了
她的茶

2020/04/27

147/ 雨点

不能安然入眠的人
怕死的人
听着雨点声
睡着了

2020/01/08

148/ 羽毛

我在沉沦中

协同你

喝了一杯酒

点了一支烟

你看我的眼神

柔和了许多

压垮骆驼的

那根羽毛

它轻轻地

飞走了

2020/03/15

149/ 语言

人发明了语言
你却发现
它也不过是
一种剩余

最好不说话
如动物

2020/04/26

150/ 元宇宙

边走边写

语言带来沉思

独自说话

也说很多的时候

你可以放心地

翱翔

又一天过去了

明天比今天更可以

代表我

总是有希望的

时间

长在月梢头

我总是看见月亮

看见它

我就抛出一个全新的

自己

你可以去月亮上

找我的沉思

那是一种元宇宙

人们失去了很多依靠

甚至将失去地球

牛顿发现了重力

而在月亮上

人们可能需要重新发现

也许可以命名为

轻力

人与人交流

更加轻盈飘逸淡然

人不断地与宇宙分离

回归它的本质

凭借语言的创造力

而不是暴力

2021/12/23

151/ 远

忽然想喝茶
说泡就泡
你离我很远
而茶离我很近

2020/02/28

阅读 1

我匍匐在那儿

为被遥远的文字

所确认过

而久久无法平静

153/ 阅读 2

新买的书摊开

看了几眼

我知道

我将不会奢求

把雨阵

交付给你们

没有哪片云

以淋湿哪片土为目标

播撒

消失

浪迹天涯

它只想

多飘一会儿是一会儿

2020/04/27

154/ 月光 1

遗忘的月光

倾泻一地

云谲波诡的水面

歌且泣

2023/06/05

你不必圆满

不必光华彩绽

当你悬挂于窗棂

就悬置起黑白互掩的

时空

某些证据在说话

虽然它们并不现身

我们却全都

摄入眼底

正是这些蚀刻

日复一日

使皎洁的月光

经历波折

一波未平 一波又起

我们不应该相信

风波会停止

它总是已经洒遍了

每一个夜晚

直到黎明姗姗而来

2023/11/21

156/ 再来一次

它奋力向前

冲破水花

探头看

无边无际的逆流

我的过去

我看到了它

惊奇

死亡于是退后

衰老于是后行

发白的鳍

闪闪烁烁地在阳光下

飘飘洒洒

即使你重新投胎

你依然有万般无奈

何不妨

就此再来一次

直到你

满意为止

时间的潮水褪去

海天一色

天涯共此时

历史共此时

我从未远离

我也从未停留

原来人可以

长生不老

对着天空说是

对着长河说是

对着暗流说是

对着礁石说是

把说不的权利

拱手让出

晚吗?

不晚

时间不流

时间就是时间

它的功能

除了锻造之外

还是锻造

一切都不晚

白发千尺

那不过是遮人眼目

再来一次吧

对着你

我说是

对我自己

我才愿意说不

风浪渐渐平息

出没风波里的

是你的心

好在我还有

再来一次的机会

生命不息

再来一次

我掐指一算

已经活过了好几百年

科学的原理

抵不过

生命的原理

在清晨

我说是

在傍晚

我说是

在梦中

我有时对自己

说不

2021/09/12

157/ 早

事物的道理

我了解得太早了

以至于

又要花大半生

努力忘掉它

2020/02/28

158/ 早安

轻盈的早晨

笑容轻盈

啜咖啡轻盈

交谈轻盈

踮起脚轻盈

你轻盈地背上包

我轻盈地回望

有风儿轻盈地飘入

空气很轻盈

阳台上的茉莉轻盈

即便一团阴影

也在轻盈地移动

万物无不轻盈

我此时

没什么需要

去理解

也没有什么

想辩驳的……

2021/08/14

159/ 责备

责备别人

其实是

责备妈妈

没有照顾好

自己

2020/01/21

160/ 长大

春天

万物皆发芽

而我

却看到

你开始成熟

2020/03/10

161/ 这一个

我开始打磨

任何到手的东西

人生大事儿

除了耐心

还有什么呢

2023/11/21

162/ 致阴影

你把自己
活成了浑身都是
缺点
以此衬托
别人的亮点

你在哪里
就在哪里遭受
光明地驱赶

从来不被讴歌
永远默默地
托住体面

那一天
孩子高兴地告诉我
看啊　我会画阴影了
神奇地
就在同时
他也画出了光明

2020/01/23

163/ 中年人

每个中年人
都有一颗童心

每个中年人
都有一颗
离家出走的心

这颗心
不老不嫩
不上不下

真让人
发愁

2020/09/13

164/ 钟声

当你熟悉了
家里的钟声
日复一日
十几年
如一日

你会等不及它
奏乐
为什么不直接
当当当呢

时间
是有变化的
只有钟声
老得
想捂住它的嘴

我无法向你询问
只因你
就是我的问题
只因你
就是我啊
当当当

2020/09/01

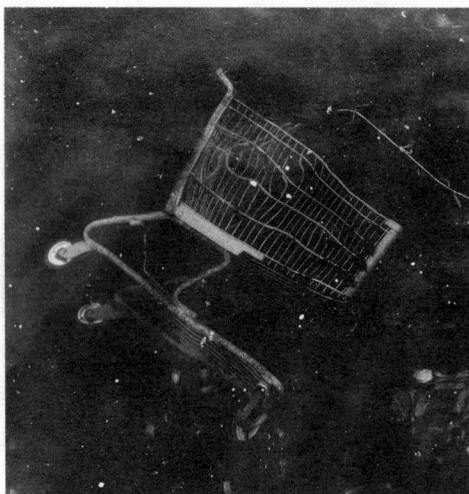

后语

　　一天傍晚，我在如织的人流中散步，路过一片池塘的时候，扑面而来一片蛙鸣，此起彼伏。而身旁匆忙路过的人们没有停下，都直奔前方而去。我驻足倾听，心潮起伏，良久，将这夜色中特别的声音录了下来——

　　这段录音命名了什么呢？对我来说，它命名了我的耳朵倾听捕获分辨噪音与有意涵的声音的过程，它命名了我已开始主动倾听以及倾听的欲望。这是一个激动人心的时刻。而此后，我将不再惧怕自己不被听到。

　　无言，则歌以咏之。正如蛙鸣，总会被听到。无论如何，我们随时都可以这样来表达自己——倾听以及歌咏。

于北京奥森公园边

2024/06/15

扫码倾听蛙鸣